# THE ELECTRIC STATE

## 電幻國度

賽門‧史塔倫哈格 ✳ 著　　李建興 ✳ 譯

他們把我們放到鐵路上

他們讓我們付出極高代價

因為當面嘲笑他們

而且我行我素

他們的眼中是空虛

他們的心中是塵埃

他們只想偷走我們所有人

把我們都拆散

而不是接納


用我的方式去愛，這是條新路

跟著我的心智走


所以親愛的，吞下你所有眼淚

展露你的新面孔

如果你不參加比賽

你永遠不會贏或輸……


           ——幻覺皮衣合唱團，
              出自一九八二年《永恆》專輯的歌曲〈Love My Way〉。

那場戰爭是無人機駕駛員——遠離戰場的控制室裡的男女打贏的，戰場上的無人機械互相交戰，像一場玩了七年多的戰略遊戲。聯邦軍的駕駛員在嶄新的郊區過得很好，下班回家途中有三十種穀物食品可以選擇。無人機科技備受讚揚，因為它讓我們免於無意義的人命傷亡。

附帶傷害有兩種：交戰中不幸被砲火波及的平民，還有聯邦駕駛員的子女，作為對國防科技的神格的獻祭，他們都成了死胎。

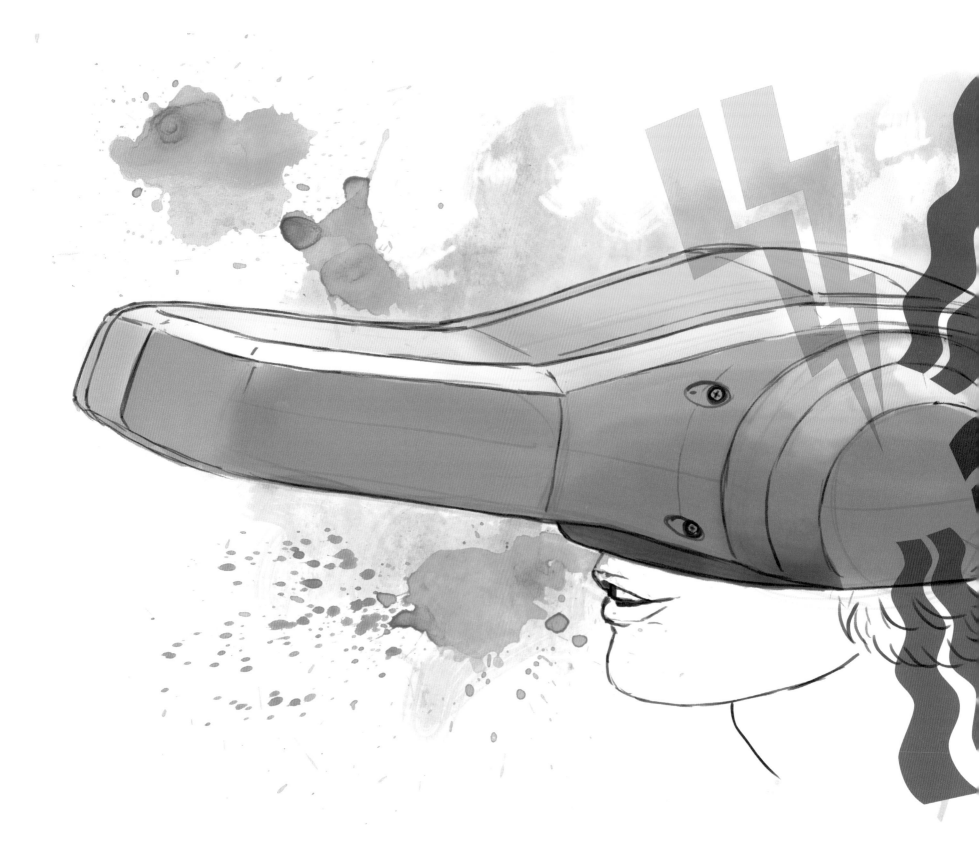

# 全 新 體 驗 降 臨

一九九六年十一月一日

**SENTRE**
Stay connected.

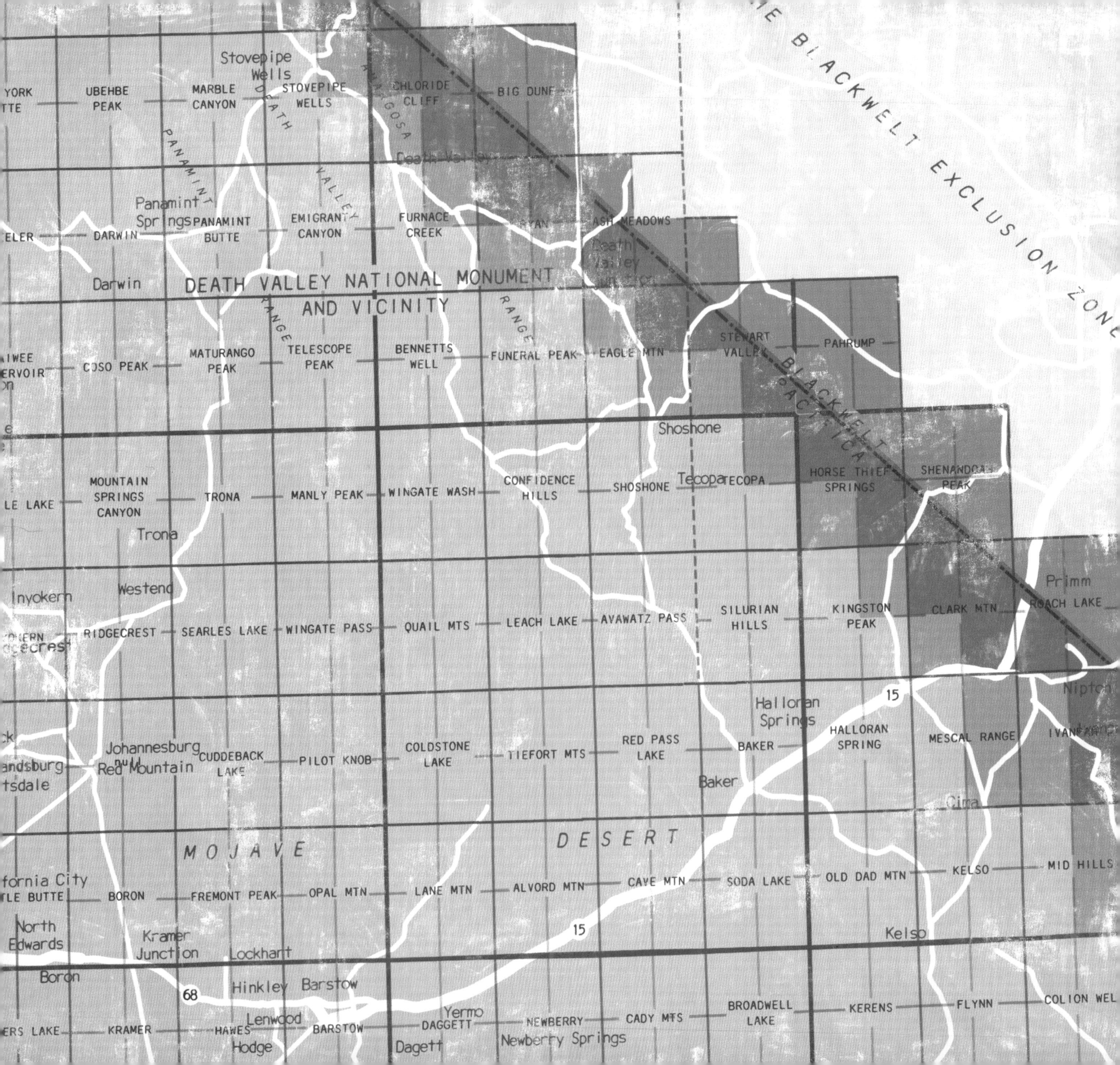
DEATH VALLEY NATIONAL MONUMENT
AND VICINITY
BLACKWELT EXCLUSION ZONE
BLACKWELT
Stovepipe Wells
YORK
UBEHBE PEAK
MARBLE CANYON
STOVEPIPE WELLS
CHLORIDE CLIFF
BIG DUNE
PANAMINT
DEATH
VALLEY
Death Valley
Panamint Springs
PANAMINT BUTTE
EMIGRANT CANYON
FURNACE CREEK
ASH MEADOWS
DARWIN
Darwin
RANGE
COSO PEAK
MATURANGO PEAK
TELESCOPE PEAK
BENNETTS WELL
FUNERAL PEAK
EAGLE MTN
STEWART VALLEY
PAHRUMP
Shoshone
MOUNTAIN SPRINGS CANYON
TRONA
MANLY PEAK
WINGATE WASH
CONFIDENCE HILLS
SHOSHONE
Tecopa
TECOPA
HORSE THIEF SPRINGS
SHENANDOAH PEAK
Trona
Westend
Inyokern
Primm
RIDGECREST
SEARLES LAKE
WINGATE PASS
QUAIL MTS
LEACH LAKE
AVAWATZ PASS
SILURIAN HILLS
KINGSTON PEAK
CLARK MTN
ROACH LAKE
15
Nipton
Halloran Springs
Johannesburg
Red Mountain
CUDDEBACK LAKE
PILOT KNOB
COLDSTONE LAKE
TIEFORT MTS
RED PASS LAKE
BAKER
HALLORAN SPRING
MESCAL RANGE
Baker
Cima
MOJAVE
DESERT
BORON
FREMONT PEAK
OPAL MTN
LANE MTN
ALVORD MTN
CAVE MTN
SODA LAKE
OLD DAD MTN
KELSO
MID HILLS
North Edwards
Kramer Junction
Lockhart
Kelso
Boron
68
Hinkley
Barstow
Yermo
Lenwood
KRAMER
HAWES
BARSTOW
DAGGETT
NEWBERRY
CADY MTS
BROADWELL LAKE
KERENS
FLYNN
Hodge
Dagett
Newberry Springs

莫哈維沙漠，美國太平洋州

一九九七年春季

五月是沙塵的季節。霧霾中的強風起起落落，夾帶著大片暗褐色塵土沙沙作響，滲透了所有景觀。它緩慢爬過地表，在木餾油灌木叢間嘶嘶前進，直到堆積成波狀沙丘，不知不覺地移動，在永不止息的風沙雜訊中長大。

燈塔看守人被警告過最好不要聽海的聲音太久。你可能會瘋掉或在雜訊中聽到說話聲。

彷彿那裡面有個密碼 —— 只要被你的心智偵測到，它便會從心靈深處召喚出惡魔，再也難以挽回的那種密碼。

我不再聽風的聲音了。我因為拿著沉重的散彈槍肩膀痠痛，雙腳好像不聽我使喚機械式地前進。我的思緒竄成了個白日夢：我想起在索斯特海灘陽傘下的泰德，他抱著幾隻色彩鮮豔的大鳥躺著，不知作著什麼夢。他的嘴巴一邊動著。

我發現我嘴裡有個軟軟的東西。我停下步伐吐出一坨灰色橡皮狀的口水。蹦蹦走過來看著地上那坨東西。它看起來像隻毛毛蟲。我重重踩上去想把它埋進沙裡，卻只是把它滾成一根長長的義大利麵條。蹦蹦看著我。

只是沙塵，我說。

我從背包裡拿出水瓶，漱漱口，吐了幾次口水。我重新揹上背包時看到遠處有個東西。一塊粉紅色的布出現在沙丘上，像個小降落傘在風中飄揚。我走過去用腳把它挑起來。是一件內褲。

這件粉紅內褲是從附近停車場一輛黑色奧斯摩比的車頂箱裡被吹出來的。箱子迎風敞開，停車場裡滿是散落的衣物。除了沾滿灰塵，車子似乎沒問題——輪胎沒破，車燈沒壞，車窗玻璃也完好無缺。

這車款看起來頗為名貴，車主平躺在旁邊的沙地上，看上去是一對老夫婦。後座有兩個長方形紙箱，坐墊上滿是保麗龍泡泡粒。除此之外，車內完美無瑕，顯然曾悉心維護。我翻遍老夫婦的口袋，希望能找到一點現金。婦人的口袋是空的，但是我在男士的左邊口袋找到車鑰匙和一個折起來的信封。信封裡包含一份有註記的市區地圖、一張十元鈔票、購買兩台 Sentre Stimulus TLE 的收據，還有兩張看似是加拿大的入境許可證。我坐上駕駛座，插入鑰匙，轉動。車子發出電子嗡嗡聲、乾咳幾下，然後發動。儀表板上的數位圖示亮起，模擬時鐘滴答作響，車速表下的顯示幕捲過綠色文字：午安。我俯身親吻方向盤，我想，幸運的話，這可能是在我們抵達太平洋州之前我開的最後一輛車。

華特，你問過我他們為什麼需要他。我是指那個
男孩。萬一我大聲說出來，我怕聽起來會像瘋言
瘋語。我能怎麼解釋呢？

你知道大腦如何運作嗎？你知道我們對大腦與意
識如何運作有什麼了解嗎？我是指全人類。我說
的可不是什麼新世紀哄騙話術，我說的是三百多
年來訓練有素的科學家透過努力不懈的實驗和以
懷疑精神檢驗各種推論所累積的知識的總和。我
說的是實際翻開人們的腦袋、研究人類行為、進
行實驗找出真相所獲得的洞見，而不是對於大腦
與意識毫無實際根據的那些鬼扯。我說的是起源
於對大腦的理解所造成的神經作戰、神經圖像網
路和 Sentre Stimulus TLE 等的。關於這些你真
正懂得多少？

我猜你對這整件事仍保留典型的二十世紀觀點。
自我不知何故位於大腦之中，就像你眼睛後面駕
駛艙裡的小小飛行員。你相信它是記憶、情緒
與令人落淚之事的混合，而那一切可能也在你的
大腦裡，因為如果它在你心臟裡會很奇怪，大家
都學過心臟是一塊肌肉。但同時你很難接受這事
實，你的本質，你的思想、經驗、知識、品味和
意見，竟都存在於你的頭顱裡。所以你寧可不深
究這種問題，心想「應該沒這麼簡單」，便安於
有個模糊的想像：一個氣態透明的某種東西漂浮
在周圍未定義的虛無之中。

或許你根本不用文字形容它，但我們都知道你想
的是一個典型的靈魂。你相信有無形的魂魄。

我坐在車上研究蹦蹦的地圖，引擎怠轉著。他在舊金山紀念城偏北一點的海上畫了個紅色圈圈，就在像修長手指伸入海中的岬角外面。岬角末端有個小社區，叫做林登角，蹦蹦用一個潦草的紅點標示出來。夾在地圖邊緣的是：一本房仲商的小冊子介紹位於米爾路 2139 號的房子。

要確認我們的位置並不容易，但我懷疑是在太平洋州州界西邊的某處，很可能在 15 號州際公路附近。因為沙塵緣故，太平洋州東南部大多數公路現在可能都無法通行，但是我其實想要盡量避開西邊的大都市與人口稠密區。一件一件來。首先，我們只需要往西走直到有更好的公路。幸運的話，往北的 395 號公路會開放，我們可以往北穿過內華達山脈東邊的鄉野區。就這麼辦吧。

15 號州際公路在沙塵的柔和覆蓋下幾乎無法辨識，能見度真的非常低。不時會有被拋棄的汽車出現在路上，所以我不敢開超過時速二十五哩。我探出身子，專心分辨沙塵底下的路面邊緣，但是很快我就累壞了。到了下午風勢變強，能見度低到我們別無選擇只能等沙塵暴過去。我走第一個可用的交流道下去，停在我猜應該是休息站的地方。車外，狂風拍打著灌木叢，接著沙塵如潮水將它們吞沒直到我什麼也看不見。

我們睡著之後，車子被咆哮的黑暗吞噬。車身在風中搖晃，我夢到自己在巨人的肚子裡睡覺。

到了早上，風勢減弱，車外聳立著幾隻巨大的黃鴨子。起初我以為它們是半夜被暴風吹來的，但是原來我們過夜的地方是座靶場，所有鴨子身上都布滿了各種大口徑彈藥的彈孔。

我們花了幾個小時探索這座廢棄靶場。我們找到裝有一組完整工具的工具箱和一盒半滿的散彈，在工具屋的地墊上我們發現有東西仰躺著，茫然盯著天花板。它看起來像個自製的情趣機器人。大臉孔上紅色塗漆的嘴巴在昏暗中空洞地張著。想到那個洞裡曾經塞過什麼東西便令我不寒而慄。我用上衣袖子包著雙手，小心抓著它的軀體，再把它側翻。我用工具箱裡的螺絲起子打開背蓋，拿出三大個釩電池。它們還是溫熱的。

回到車上，我在正要發動車子時忽然停了下來。有件事在我腦中深處蠢動。我解開安全帶，抓起散彈槍，下車。我叫蹦蹦留在車上把門鎖好，然後我小心翼翼地關上車門走回靶場。

我在靶場另一端一個廢棄的拖車上找到了情趣機器人的主人。他嘴裡沒牙、蓄鬍，在神經投射器底下喘息。他身體虛弱又乾癟，車上彌漫著惡臭。他手臂上插著的一根管子繞過點滴架再連接到天花板上一個裝滿黃色黏液的大水槽。老人完全喪失行動能力，沒辦法判斷他已經在這裡待了多久。我發現他床下的玻璃罐裡有捲起來的兩百塊錢。我拿了錢就離開。

我們花了兩晚才駛離管制區。為了避免我們在經過檢查站時被看見，所以我等到半夜才開完最後一段路到達巴斯托。我原本希望能在這裡加油買食物再轉上 395 號公路往北，但是近幾年來乾旱往西蔓延，完全吞沒了巴斯托。沙塵飛揚侵入了市區。除了幾個拖著手推車穿過沙丘的流浪漢，全市杳無人煙。我們如果想加油就必須得去莫哈維，但那裡太過西邊，遠在讓我感到安心的範圍的幾十哩外。

車子宛如深海溝裡的潛艇穿過一片漆黑的沙漠夜晚。在我們總算看到莫哈維的燈火出現在地平線上時，車上的時鐘顯示是凌晨三點半。我們接近時，我關掉車燈盡量慢速前行，直到看到檢查站的閃光黃燈。我停在路肩並關掉引擎。蹦蹦在睡覺，我只好叫醒他。他坐起來盯著窗外許久。我解釋說我需要幫手好通過檢查站，然後我們下車走最後幾百碼過去。我們一起把路障搬開到足以讓車子通過，然後車一開過檢查站我們就下車，走回去，把路障放回原位。直到進入市區我才敢打開車頭燈。

我們在市區邊緣找到一座停車場便停在那休息。我躺到後座閉上眼睛，我看到沙塵暴像一道棕色的棉花高牆退到我們身後。

我努力在莫哈維完成了很多事。我洗了衣服，買了食物，加了油然後洗了車，甚至幫蹦蹦找到了一些漫畫書和太空小子可動玩偶。

全市正在撤離。到處都是載滿行李的車子。床、沙發、大電視被搬出來，牢牢綑在拖車或轎車車頂上。超市裡擁擠又混亂，大多數貨架是空的。大排長龍的顧客焦慮不安地發抖，大家互相打量好像在等待劫掠行動隨時爆發。

我到處都看到肥胖緊張的男人，在人群中橫衝直撞，身後跟著他們的妻小。一家電器商店外面，有群穿防彈衣的男孩在站崗，拿著自動槍械和對講機。他們努力表現得嚴肅和堅定，但他們裝出的表情騙不了任何人——他們樂在其中。

我在一家 Burger Box 漢堡店外獨自坐了一會，吃了一塊蘋果派。戶外用餐區空蕩蕩的很安靜，只有一個小男孩在門口旁的黃色充氣城堡裡悶悶不樂地跳上跳下。我發現他尿褲子了：一條深色污漬順著他一側褲子一直延伸到他鞋子。他看到我，我們眼神交會。他笑了笑，缺的牙比正常的還多。

來陪我跳，他大叫。

我看看周圍。沒有別人在。

你的爸媽在哪裡？
到處都是，小男孩回答。

我曾在戰爭期間親眼目睹有人中槍。他名叫麥斯，我們當時在霍爾堡 B 棟後面的陽台上抽菸，聊千層麵。麥斯喜歡吃千層麵，中槍時他正在談如何調製貝夏美醬汁。有艘 ALA 的黑色突擊艦自地平線上悄悄升起，沒有人察覺。短促的槍聲，三發，兩發打到我們背後的水泥牆。第三發打中麥斯的顴骨旁邊，接近鼻子的地方。我不想講不必要的細節，但這個世界上物理現實的細節正好是關鍵，所以你必須面對。從突擊艦上發射的子彈非常特殊。磁性鈥製的，以超過秒速一萬兩千呎飛行。動能強到令人無法置信。子彈打掉了麥斯嘴巴以上的一切。

事後，我蜷縮在地上看到粉紅肉塊散落在我周圍的石板上，霍爾堡的警報系統大響之前我竟還有時間去想：對了，就在那裡！調製貝夏美醬汁的配方就在裡面。但即使我盡全力將撈起的殘渣碎塊放回原本應是麥斯頭顱的大洞裡，他的配方仍舊是永遠找不回了。麥斯的千層麵以錯綜複雜的方式存在於那些粉紅肉塊組合中，就像愛恨、焦慮、創意、藝術、法律和秩序一樣。讓我們之所以成為人類而不只是拉長的黑猩猩的一切。就在這裡，灑落在石板上，而人類沒有任何技術能將它復原。真是不可思議。

那就是我的唯物主義啟發。我想說的是，我們所稱的千層麵其實只是一個現象，它形成於構成大腦的物質和這些物質的組合之間，任何宣稱千層麵不只如此的人就是低估了大腦有多麼複雜、組合方式能有多少種，或者他們高估了千層麵這一現象。

我們將那城鎮拋在身後，駛入沙漠。莫哈維北方，395號公路上幾乎完全沒車，像用尺畫出來的直線切穿整片荒蕪。窗外的景色讓我很不安。在能見度從來不超過幾百碼外的布雷克威特荒原待了三週之後，我們突然在開闊中清晰可見──車子像隻爬過一大張白紙的黑色蟲子。

我以前來過這裡。我十四歲時，泰德和布莉姬開車帶我穿過這片沙漠。他們買了一台相機給我。他們當時假定說來點藝術創作對蜜雪兒會有幫助。我第一個念頭是拍攝一系列在路上被撞死的動物的照片，但是布莉姬不願讓我「對毀滅的病態執迷」毀掉這趟旅行，當我想停車在一隻被輾斃的土狼旁邊時她是這麼說我的。

他們說這趟旅行的重點就是花時間相處好互相了解，度過一段能留下回憶的快樂時光，所以不准我戴耳機。她一次一次調降收音機音量想要討論從他們開始縱容那些神經鹼毒蟲以來，太平洋州是怎麼崩潰的。她講了很多關於自尊和負責任，還有為何毒蟲通常缺乏這方面能力的話。例如我母親。

後來我們去參觀國家公園。禮品店外的空地滿是像我一樣的金髮青少女，還有很多看起來像泰德和布莉姬的父母，他們全都在埋怨彼此，吵關於外套、嬰兒車、防曬油、何時要吃什麼和價錢有多貴的事。布莉姬去點餐時，我告訴泰德我想把頭髮染成黑色，泰德說他在六○年代時留過長髮，我們聊起披頭四如何影響寇特‧柯本。布莉姬拿著餐點回來時，泰德問說妳覺得蜜雪兒黑髮好看嗎，布莉姬輕笑說：

  喔不行，親愛的，妳真的要好好打理妳的外表。

我什麼也沒說，逃到廁所裡去。過了一會兒我以為我的怒氣平息了，但我走回我們的桌子時，我抓起別人遺留在鄰桌上的托盤砸向布莉姬的後腦杓，碟子、塑膠容器和吃一半的三明治亂飛到其他顧客身旁。我不知道我哪來的力氣，但我抓著她的髮髻猛力將她臉往桌上扣，撞斷了她的鼻樑。

當時我對我的行為感到抱歉。如今我開車經過這些地方回想起來，我絲毫不覺得羞愧。布莉姬活該，之後發生的事情也是。人總在失去之後才知道曾經擁有。這話不假。可布莉姬是個該死的混蛋，她死了，我完全無感。

蹦蹦埋頭看他的漫畫。我打開收音機想找個頻道聽但是多半是雜訊，唯一收到的是用西班牙語唱〈我會永遠愛你〉的歌聲，於是我放棄。我躺回座椅上。

說也奇怪，打斷我養母的鼻子對我而言反而更好過了。我被送到桑默葛萊德，並在那遇到了亞曼達。她是我在河濱中學的同班同學，因為用電擊槍攻擊化學老師而被送進桑默葛萊德。

維琪‧索倫森是桑默葛萊德的負責人，她帶我們繞著一個叫艾絲夸加瑪的小湖健行。我們揹著沉重的背包，搭帳篷，學習關於野外的安全衛生，早起生火用小鋁鍋做早餐，然後我們收拾營地再度繞湖健行。我們會不時停下來一起想辦法解決假設性的問題，以便學習如何互相信任，並打破毀滅的惡性循環，那毀滅會阻止我們快樂、對未來抱持希望。

亞曼達和我把魚身上的黏液塗在一條內褲上，藏到維琪‧索倫森的背包裡。

從桑默葛萊德出來的幾年後，我們坐在湯米家的庭院裡。西恩的妹妹康妮撕下香菸盒裡的鋁箔紙做了個小婚戒，套在克里斯的手指上，而我正專心聽湯米跟亞曼達說了什麼，然後克里斯說想去內普頓的石灰岩採石場游泳。大家擠進車裡，我只能坐在亞曼達的大腿上，她旁邊的湯米立刻伸手攬住她開始揉她的肩膀。我無法判斷她是否喜歡他毛手毛腳，因為她沒反抗。我們駛上公路之後他又開始玩她的頭髮，我轉頭看向窗外，想必亞曼達是注意到了，因為她立刻把手放到我腿上，在我的腿與車門之間沒人看得到的地方，用拇指隔著我的牛仔褲上下磨蹭，一切都很溫暖，我屏住呼吸聽不見其他人在說什麼，直到我們在採石場下車。

採石場底部翡翠綠色的水中有一座跳水塔。湯米和西恩從塔頂上完美跳下。克里斯站在塔頂的欄杆上保持平衡時，康妮不禁放聲尖叫。然後他們游到另一頭，只剩亞曼達和我在跳塔上，我們爬到頂上，夜色降臨，一陣微風吹過水面激起漣漪、拂過白樺樹，拉法葉公路上的車流像上百萬個光點在地平線上匯合，亞曼達說：蜜雪兒，妳有全索斯特市最白的大腿。

她在跳水塔底下，沒人看得到的黑暗中吻我，我忍不住顫抖，但是我說是因為水太冷了。

入秋後，我教她如何潛入伊塔斯卡的機器墳場，我教她如何從厄吉努斯機器人殘骸的神經元件抽出「夢幻閃光」。我們把它壓碎融化做成藥丸，以每顆五元的價錢賣給一個范德凡特中學的傢伙。我們把 A 片的聲音轉錄到錄音帶，在亞曼達的爸爸主持禮拜的教堂外用手提收錄音機大聲播放。我們上課時猛翻白眼，一起翹課，一起闖入私人住宅，一起偷衣服和唱片，突然間我不再想逃離索斯特了。

WASHOE INSULAR ZONE

Gardnerville

119°

THE BLACKWELT EXC.

S. LAKE
GEORGETOWN — SADDLE MTN — ROBBS PEAK — FALLEN LEAF — FREE PEAK — MR SIEGEL — null — null
LAKE TAHOE  88

Woodfords
Markleeville

Placerville  Kit Carson
EL DORADO

THE WASSUK EXCELSIOR WASTELANDS

Silver Lake
Mechanized Weapons Site

PLACERVILLE — CAMINO — LEEK SPRING — SILVER LAKE — MARKLEEVILLE — TOPAZ LAKE — DESERT CREEK PEAK — null — null
Coleville

88  Lake Alpine
AMADOR
Buckhorn  ALPINE  395

Sutter Creek  West Point
CALAVERAS

Martell  Dardanelle

MOKELUMNE HILL — BLUE MTN — BIG MEADOW — DARDANELLES CONE — SONORA PASS — FALES HOT SPRINGS — BRIDGEPORT — AURORA — null
SUTTER CREEK
Jackson

Bridgeport

Lace

Valley Springs  San Andreas  Strawberry

VALLEY SPRINGS  Murphys  TUOLUMNE
ANGELES CAMP — COLUMBIA — LONG BARN — PINECREST — TOWER PEAK — MATTERHORN PEAK — BODIE — TRENCH CANYON — HUNTOON VALLEY — null

Columbia  Twain Harte
Sonora  Soulsbyville  Lee Vining

Copperopolis  Jamestown  Tuolumne

BLACKWELT PACIFICA

Mather
Groveland

ESCALON — COPPEROPOLIS — CHINESE CAMP — GROVELAND — LAKE ELEANOR — HETCH HETCHY RESERVOIR — TUOLUMNE MEADOWS — MONO CRATERS — COWTRACK MTN — GLASS MTN — BEN
scalon  June Lake  MONO  Benton

Oakdale  Moccasin  Big Oak Flat

NAVAL AIR FORCE BASE MAMMOTH LAKES

Riverbank  Coulterville  Mammoth Lakes
MODESTO  El Portal

WATERFORD — TURLOCK LAKE — MERCED FALLS — COULTERVILLE — EL PORTAL — YOSEMITE — MERCED PEAK — DEVILS POSTPILE — MT MORRISON — CASA DIABLO MTN — WHIT
Montpelier  Midpines  Toms Place
Denair  Snelling  Chalfant

Mariposa

rock  Delhi  Bootjack  Rovana

Winton  Ahwahnee  Bish
TURLOCK  ATWATER — MERCED — INDIAN GULCH — MARIPOSA — BASS LAKE — SHUTEYE PEAK — KAISER PEAK — MT ABBOT — MT TOM — BIS
Merced  Mono Hot Springs
wman  Planada  Oakhurst  Lakeshore  395
Le Grand  Coarsegold

tine  MERCED  MARIPOSA  Raymond  North Fork  FRESNO  Big Pine

山區

大多數山區隘口都積雪了，所以我們不得不一路開到卡森市，才找到一條開放通往山脈西邊的路。我不喜歡到那麼北邊，因為卡森河周圍的整個河谷是惡名昭彰的法外地帶。我們在加德納維爾終於駛上88號公路，得往西南方進入阿爾派恩郡，我們經過一連串破爛的城鎮腓特烈堡、潘斯維爾和梅薩維斯塔。這裡出現許多公寓社區，看似全靠回收的懸浮引擎提供能源。我很確定這事是違法的，但是山脈東邊這片強風高地幾乎感受不到任何法律和秩序。我們必須弄到汽油，我也得尿尿，但我們抵達伍德佛的加油站時，有幾輛大卡車停在油泵旁，身穿迷彩褲、戴墨鏡的武裝分子環立四周，有兩台競技無人機被固定在卡車貨斗上，所以我只好繼續向前開。

最後我把車停在大貨車專用的迴轉道上，跑下山溝尿尿。蹲在那的時候，我發現幾公尺外平地上的矮樹叢裡有隻瘦弱的母馬。我尿完之後試圖叫牠。

嘿，女孩，我說。那匹馬豎起耳朵轉頭看我，原本該是眼睛的位置只剩兩個黑洞。

我們用車上音響聽蹦蹦的錄音帶時，車外的
地形變得崎嶇，頻繁出現高度標示牌。公路
變直向前延伸穿過岩石谷地，雲朵的陰影飄
過凹凸不平的地面。谷地裡我們的車子就好
像雪景球裡的微型探測器。一艘舊突擊艦的
殘骸出現在山脊的岩石間。有人在砲塔上畫
了張卡通臉。蹦蹦在座椅上坐直盯著那艘突
擊艦。對，我看到了──是亞斯特爵士，我
說。蹦蹦一直盯著那隻星際太空貓的笑臉，
直到它消失在我們身後。

我想著那匹盲眼的馬到底發生了什麼事。或
許是疾病。我祖父在京士頓偶爾會去照顧一
隻名叫柯迪的獨眼狗。毛絨絨的小東西，我
想不起是什麼品種了。牠有時候會撞到路燈
柱。他都在週末照顧柯迪。我們以前會帶柯
迪在人工湖附近散步，那裡有很多移動屋，
我有次在步道上發現一條死魚。我們會租腳
踏船，在湖心小島上的「鬆餅廚房」用餐。
湖裡有些大鯉魚，所有露營客都把吃剩的鬆
餅餵牠們，所以不怕人且又肥又大。這些肥
鯉魚會圍到船邊，柯迪則向牠們吠叫。

餐廳裡有台神經圖像遊戲機，投幣式的，從
來沒有人用過。那台機器有個螢幕會顯示遊
戲實況，沒人玩的時候便會連線其他機台轉
播競技場的影片。我會抱著獨眼小狗站在那
兒看影片，盼望著我能玩玩看。

我最後一次看到柯迪是在我祖父的喪禮上。

公路吃力地翻過山脊進入下一個空曠的谷地，有個路標告訴我們，我們正進到軍方管制區。蹦蹦睡著了，幾台遙控機器在谷地遊蕩，它們來回穿梭崎嶇的地形，無線天線像觸角一樣伸出矮樹叢晃來晃去。

我祖父幫我鋪床的方式向來很特殊。他會把枕頭塞到床單底下，上面再放一個普通枕頭。然後他會用有蕾絲邊的床單鋪在羽絨被上。他非常在意家裡的東西看起來順不順眼。

我在京士頓跟我祖父住了三年。那個城市瀰漫著從船塢煙囪噴出的不明物質的惡臭，整天整夜不停息。他們在京士頓建造懸浮船。就像京士頓的其他老人，我祖父曾在船塢工作過；就像很多船塢工人一樣，他總是咳個不停。夜晚我躺在床上聽見他在浴室裡的喘嗚聲，我會睡不著，直到再次聽到他在臥室裡打鼾才能入睡。我住在那裡的最後一年他的咳嗽日漸惡化，某天晚上我們在廚房裡下西洋棋，他咳到喘不過氣，昏倒在棋盤上，撞得棋子到處亂飛。兩個月後我便跟泰德和布莉姬一起在索斯特生活了。

88 號公路帶我們沿著卡森隘口越爬越高時，我開始耳鳴。山腰上點綴著大片大片的積雪，公路兩旁都是骯髒到跟砂石難以分辨的雪堆。我瞥見遠處有張巨大的笑臉——是一幅在視野中忽隱忽現的廣告看板，最後整個消失在樹林後面。電纜劃過我們頭上的天空，而在經過一條彎道時，我們看到有座巨大的球形建築出現在山腰的樹林裡，許多電纜自其伸出。蒸汽和水排放到粗糙的樹幹之間，形成水流，沿著植被茂密的山坡再橫跨過路面。建築側面有 Sentre 公司的廣告，我猜想整座設施一定曾是他們的。我猜肯定曾有幾百萬人的心智在那玩意裡面歡騰，取悅他們所需的龐大電力融化了冰雪。

真的應該有人把那些設施連根拔起，讓它們滾到山下的郊區去，壓扁所有殘餘的花園、房屋，以及負責任的父母和他們的休旅車，最後平靜地停在廢棄的市中心，作為人類的紀念碑。

這一切是怎麼開始的？我不太記得了。我猜，起初就像其他休閒活動一樣吧。像是電視。有時候他們看電視，有時候他們會戴上神經投射器呆坐著。我沒有太在意。在一九九六年的大規模更新，所謂的 Mode 6 之後，情況才開始變得詭異。

更新之後他們很少再看電視。家裡變安靜了。我記得有時候亞曼達和我放學回到家，泰德和布莉姬還戴著神經投射器在客廳沙發上。他們完全沉迷其中，某天晚上我們藉幫他們變裝取樂。亞曼達在布莉姬臉上畫鬍子。

週末他們還會熬夜，我們難得齊聚在廚房時，我試過提起這個問題。我問投射器究竟是怎麼回事。他們似乎不太擔心，回答說最近玩投射器的時間很長罷了。泰德拍拍我的臉頰說：

  這想法不錯喔，蜜雪兒。我們得小心妳了！

然後他捏捏我的鼻子，發出汽車喇叭的聲音。

49

還有一次，泰德想要解釋爲何他很多 T 恤和襯衫的胸前都有污漬：

　　那一點也不危險，可能發生在某些人身上，是完全正常無害的。男人分泌乳汁比
　　妳想像的更常見。這叫做「乳溢」，全然無害。不過洗衣服倒是蠻麻煩的！

後來泰德坐在角落的居家辦公室椅子上。他戴著神經投射器整個人往椅背躺，全身
上下只穿著內褲。他的嘴巴在投射器的長角下蠕動，嘴角抽搐。由於數據機當掉了
我得去重開機，我俯身越過桌子時發現桌面上冒出一小滴液體，就在檯燈照出的光
圈正中央。接著又一滴。然後另一滴落在我手臂上。起先我以爲那是口水，是泰德
意外從嘴裡噴出了的幾滴口水，但接著我看到有東西流過他的胸膛和腹部——一小
股白色乳狀液體從他顫抖的乳頭悄悄地湧了出來。

車外，黃色維修機器人動了，拖著巨大的電纜導輪。它們像遲緩的烏龜搖搖晃晃橫
越路面，跟隨著神經圖像網路的管線穿過茂密雜亂的高山樹林。

我們終於在庫克站加到了油，我藉機多買了幾罐備用汽油放在後車廂。餐廳打烊了，但我在商店買到了三明治、牛肉乾和幾罐汽水。太陽出來了，我們坐到店外面，我吃著三明治，給了蹦蹦幾片麵包後，他跑來跑去想要餵附近的花栗鼠。我說，你罹患了「花栗鼠狂熱症」。過了一會兒他坐下把頭靠在我肩上。我問，你累了嗎。蹦蹦點頭。

　　我也是。我們可以休息一會兒。

雨又開始下的時候我醒了。蹦蹦站在遠處的砂石地上，看著樹林裡的什麼東西。我走到他身邊看到了那吸引他注意的東西。有隻狗站在兩棵樹幹之間，孤獨嬌小的白色吉娃娃。牠穿著小外套在發抖，豎直了耳朵看著我們。走吧蹦蹦，我說。快點，要走了。我抓著他的手，我們一起走回車上。

太始之初，上帝創造了神經元，當電力流過大腦中的三次元神經細胞陣列，就有了意識。神經細胞多多益善，我們的大腦含有幾千億個神經元，所以我們才做得出比黑猩猩高明的千層麵。我說過，沒人真正了解這一切如何運作，上世紀六〇年代神經元研究取得的進展全部是關於我們對大腦訊息的讀取、複製、傳輸的能力，最大的發現是如何將這些訊息在駕駛員和無人機之間毫無延遲地傳輸。神經元研究的重點從來不在於了解人類的心智。它基本上是剪下貼上的技術，研發用來打造一個合適的用戶介面，操控聯邦軍隊在七〇年代初期製造的先進機器人。簡單來說，就是個先進的操縱搖桿。

所以，如果人類智能形成於一千億個腦細胞之間的相互作用，要是再連接上其他幾千億個會發生什麼事？在神經元的層面上有可能連結兩個或更多大腦嗎？若是可以，這麼廣大的神經陣列會衍生出怎麼樣的意識？

有些人相信，這種「蜂巢心智」是在戰爭期間的軍方神經圖像網路內部形成的，因為數量大到難以想像的神經細胞互相連結產生了副作用。他們稱之為「腦際智慧」。同一批人也相信，這種高階意識試圖透過影響無人機駕駛員的生殖週期以取得肉身形體。若真是如此，它便是戰爭期間造成所有死胎的罪魁禍首。

他們自稱為「聚合體」。如果我十七年前沒在查爾頓島看到那穿越雪地的東西，我很可能只會把他們當作另一個新世紀的科技邪教。

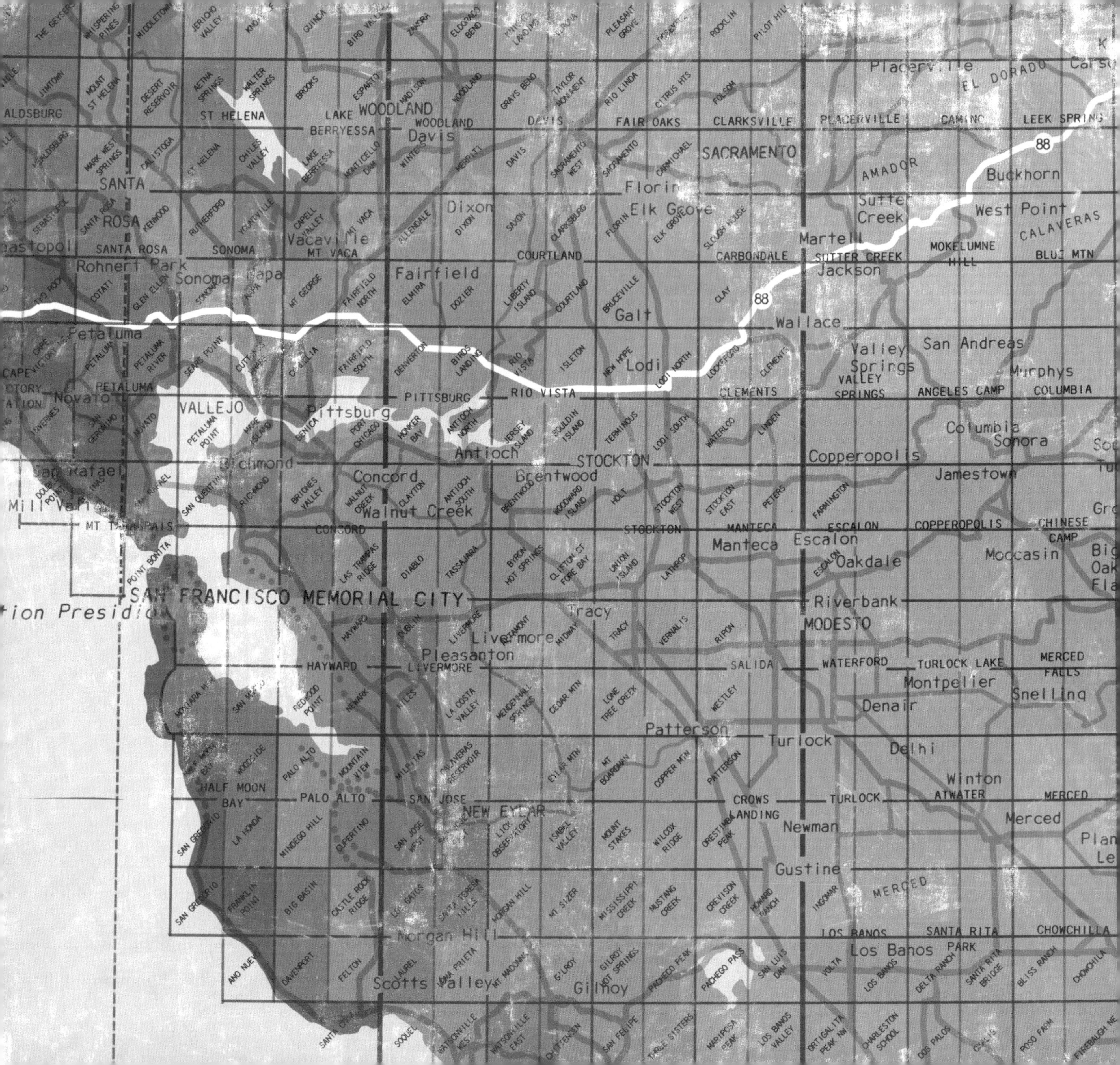

SAN FRANCISCO MEMORIAL CITY
Placerville
EL DORADO
WOODLAND
Woodland
Davis
ST HELENA
LAKE BERRYESSA
DAVIS
FAIR OAKS
CLARKSVILLE
PLACERVILLE
CAMINO
LEEK SPRING
SACRAMENTO
AMADOR
88
Buckhorn
SANTA ROSA
Florin
Elk Grove
Dixon
Sutter Creek
West Point
CALAVERAS
Vacaville
MT VACA
Martell
SONOMA
SANTA ROSA
COURTLAND
CARBONDALE
SUTTER CREEK
MOKELUMNE HILL
BLUE MTN
Rohnert Park
Sonoma
Napa
Fairfield
Jackson
Galt
Wallace
Petaluma
Valley Springs
San Andreas
Lodi
Murphys
PETALUMA
Novato
PITTSBURG
RIO VISTA
CLEMENTS
VALLEY SPRINGS
ANGELES CAMP
COLUMBIA
VALLEJO
Pittsburg
Columbia
Sonora
Antioch
Richmond
STOCKTON
Copperopolis
San Rafael
Concord
Brentwood
Jamestown
Mill Valley
Walnut Creek
MT TAMALPAIS
CONCORD
STOCKTON
MANTECA
ESCALON
COPPEROPOLIS
CHINESE CAMP
Manteca
Escalon
Oakdale
Moccasin
Riverbank
MODESTO
Tracy
Livermore
Pleasanton
HAYWARD
LIVERMORE
SALIDA
WATERFORD
TURLOCK LAKE
MERCED FALLS
Montpelier
Snelling
Denair
Patterson
Turlock
Delhi
Winton
HALF MOON BAY
PALO ALTO
SAN JOSE
NEW EYCAR
CROWS LANDING
TURLOCK
ATWATER
MERCED
Newman
Merced
Gustine
MERCED
Morgan Hill
LOS BANOS
SANTA RITA PARK
CHOWCHILLA
Los Banos
Scotts Valley
Gilroy

中央谷地區

88號公路終於將我們帶下山，我們離密網般文明有序的公路系統越來越接近。表面上看起來，山脈這一側的世界似乎還沒停擺。汽車和人群在神經圖像塔的紅色訊號燈下持續緩緩移動，一切似乎如常，還未受到遙遠內陸開始發生的連鎖反應波及。這並沒有讓我感覺比較好。我寧可警方和好奇民眾因其他事情分心。畢竟我偷了車子還有這把散彈槍──如果我們被攔下就完蛋了。我先前一直盡可能地避開公路和遠離較大型的社區，但在山下這裡很困難。周圍車輛越來越多，我心裡開始發慌，有人會看到我們，肯定有人會看到我們，然後警察會攔下我們。我們不能再這樣下去，我們必須離開大馬路。

我的第一個念頭是我們最好停到隱密的地方在車上等，但我忽然想起警察很喜歡找坐在路邊車裡的人麻煩。我們的第二選項是住進汽車旅館，但是很貴，我們沒剩那麼多錢，更何況還可能被要求出示證件。山下這裡表面上好像還有法律與秩序，我完全不想引起任何注意。感覺不太妙，我們隨時都可能暴露。

最後，我們停在一個叫做馬泰爾的小鎮的小汽車旅館。他們沒要求出示證件。他們什麼也沒問，櫃台後面的男子原來戴著神經投射器在做些什麼，被打斷後似乎不太開心。我一從他手上拿到鑰匙，他就把投射器戴回臉上神遊去了。

房間裡沒一個東西能用，電視全是雜訊，空調也壞了。夜色已經降臨，我們休息沒幾個小時就得上路。蹦蹦一動也不動地坐在地上，前面放了一排他的玩具，頭低低垂下。蹦蹦，你這瞌睡蟲，我說。

　把玩具撿起來，去坐扶手椅上，我可不想在黑夜中被你絆倒。

我把時鐘收音機的鬧鈴設定在凌晨三點，然後就躺到床上睡著了。

中庭的木地板上有水漬。布莉姬的羊毛衫像個檸檬黃色的腫塊躺在草皮上。我打開游泳池的燈，然後站在池邊，低頭看向水裡。水面完全靜止，模模糊糊的幾片洋芋片在水底迴旋，布莉姬在池底，浸了水的軀體像大理石雕像般沉重緊貼著磁磚，她的神經投射器上的 LED 燈像餘燼的微光還亮著。她的嘴巴在動。好像在說夢話的人，動個不停，直到後來泰德摘下她的神經投射器，她才終於死掉。

我把蹦蹦扛到車上。我不得已打開他後腦杓上的小蓋子檢查顯示數據，以確認他還在線上。我不知道出了什麼問題，他摸起來冷冰冰的。

我們再度上路時，外面一片漆黑，我腦中的影像感覺比車外的世界更真實。布莉姬的眼珠變得灰灰的，像在尋找什麼被奪走的東西。她在游泳池底待了多久？幾個小時？她在沙發上將全身的水分都吐了出來，然後蜷縮起來動也不動。泰德茫然地坐在地板上，心碎不已，將她濕漉的軀體放在腿上，他抓著她手臂好像在玩洋娃娃。醫護員把她帶走之後他在沙發上坐了一會兒。雙眼紅腫、空洞。接著他戴上神經投射器往後一躺陷進了沙發。

天空是淺淺的藍色，晨光中我們經過一連串無止盡的小鎮和郊區。最後我們抵達一個被六線道高速公路切成兩半的城市，然後轉往西邊，走稱作波德加大道的鄉間道路，我們很快便將文明世界拋在身後。外面田野裡，一台又一台閃爍的神經投射器自黑暗中浮現出來。精疲力盡的人們排成長龍遊走，我放慢車速。車子經過時，有些人會停下來在我們後面嗅來嗅去。在索斯特最後的那幾週，我也曾在清晨被這樣的人群吵醒，他們拖著腳步茫然地沿著街道前行——宛如不安的夜行動物，正要返回郊區的巢穴和避難所。

OCEAN

PACIFIC

OCEAN

Austin Creek

HEALDSBURG

ST HELENA

LAKE WOODLAND

BERRYESSA

SANTA

ROSA

Sebastopol

SANTA ROSA

SONOMA

Vacaville

MT VACA

Rohnert Park

Sonoma Napa

Fairfield

Petaluma

Novato

PETALUMA

VALLEJO

Pittsburg

PITTSBURG

Antioch

Point Linden

San Rafael

Richmond

Concord

Mill Valley

MT TAMALPAIS

Walnut Creek

CONCORD

POINT BONITA

SAN FRANCISCO MEMORIAL CITY

Naval Air Station Presidio

DIABLO

Livermore

Pleasanton

LIVERMORE

HAYWARD

REDWOOD
POINT

HALF MOON
BAY

PALO ALTO

San Jose

NEW

Scotts Valley

Morgan Hill

海岸區

地貌變得越來越崎嶇，整個籠罩在霧氣中。從海上飄來的雲堤橫掃過山丘，使得公路和車窗都蒙上了一層細密的水霧。

到達托馬雷斯之前的幾哩處，我們經過一個叫威斯摩蘭紀念公園的地方，似乎是戰爭紀念碑——霧中兩艘巨大貨船聳立在飽受炸彈蹂躪的山丘高處。我們駛近時，看到有許多車停在彈坑裡，小步道和人行陸橋遍布整個園區，連貨船附近都是。我想起一個以前課堂上的討論，是關於索斯特市佛威爾紀念公園裡被炸毀的船隻。班上有一半人確信那些船只是複製品，另一半則確信公園裡的船是真的。

我們到達海岸公路時，我因睡眠不足整個人昏昏欲睡，便在休息站停了下來。我關掉引擎，拿出地圖來。休息站下方，有個沼澤泥地一路延伸到看起來像淺湖的地方，湖的另一端是隆起的山脊。我猜那湖就是地圖所標示的波德加灣，而山脊的另一邊是勝利角的一部分。我們很可能只要往南再開半小時就會抵達鄧恩碼頭，到那之後再右轉開上一條小路，接著一路沿著勝利角走便會抵達林登角。

這時蹦蹦醒了，他坐著凝視湖水另一邊的什麼東西。他指向山脊，一座山峰上有棵枯樹。你認得這個地方嗎，我問。蹦蹦點頭。

　你以前來過，對吧？

他用力點頭，來來回回轉頭看我和那棵樹。他幾乎要從他的位置上彈起來。

　沒關係，蹦蹦。拿出你的隨身聽，你可以聽太空小子的歌。現在已經不遠了。我只是需要休息一下。

我不知道我睡了多久。或許一小時吧。蹦蹦
戴著耳機坐著，當然還是一副出神的樣子。
我拍拍他肩膀。欸，如果你想要，我們可以
用車上的音響繼續聽。蹦蹦看著我像是沒聽
見。我指指汽車音響。蹦蹦從隨身聽拿出卡
帶，塞進音響。我把地圖放回背包，調整座
椅，我們再次上路。

三艘突擊艦佔據了海灣的最遠端。曾幾何
時，這種船是聯邦軍的驕傲，它們被排列
在跑道上，艦長在幾千位觀眾面前跟總統握
手。如今，它們淪落至此。被從天上拔除，
被拆光裝備，還任海水侵蝕，最後成了供鳥
類築巢的懸崖。看啊，安菲翁，空軍的驕
傲。一千萬噸的鏽鐵和鳥屎。

我媽的腦袋就是被安菲翁戰艦上的神經元件
燒壞的，所以我想它們這是罪有應得。

鄧恩碼頭就在我們前方，這裡雜亂不堪，商
店門窗全用木板封死。我們在十字路口右轉
上了聖奧古斯丁大道——坑坑洞洞又龜裂的
鄉間道路。很快我們便駛離了這小鎮，繼續
朝岬角前進。

整個勝利角就是個無邊無際的機器墳場。地圖上，海灣內的一塊小區域標示為「聖奧古斯丁回收場」，但實際上到處都是殘骸。每轉過一個彎，映入眼簾的都是一排排無窮無盡的老舊懸浮船和戰鬥無人機。有些機體上有戰鬥損傷的痕跡，其餘的多多少少還算完整，但這裡的船到處都有盜拆的痕跡。船身破開、被支解——原本應該是鋼板和設備的地方被拆走了。某些船幾乎完全開膛破肚被挖個精光，草地上只剩骨架，好像沒有內臟的魚骨頭。

我就是這樣長大的。天啊，可憐的孩子。該死的母親。來看看。我想得起這些船的名字嗎？安菲翁當然可以，是裝載小船的巨艦。那些小船叫什麼來著？潘修斯・F什麼的。潘修斯駕駛室裡的神經元裝置很容易進去，尤其對我這麼嬌小的人來說。你要先找到附黃色聯軸器的黑色電纜。然後還有小突擊艇——稱作奧特西恩。據我媽說，我爸曾經在波伊西戰役中駕駛過奧特西恩小艇。奧特西恩艇對盜拆者來說如同金礦。駕駛室裡有塊面板的蓋子貼著黃色貼紙，標示蓋子底下是傳輸桿，抽出傳輸桿，將筆插入桿子側面的小洞便能拆成兩截，然後就能從裡面取出一束塑膠過濾器。幸運的話，過濾器上會黏滿神經纖維。

我們又爬上一個山丘的頂端，另一側山坡上的牛群在機械殘骸周圍吃草。一切看起來那麼安詳平和，但在公路遠處有死牛，屍體嚴重腐爛，幾乎要成了木乃伊。有些屍體看似在動，但那只是聚集覓食的食腐鳥類的深色背影，我們經過時牠們便飛了起來，像怪異的蒲公英種子隨風四散。我用照後鏡觀察鳥群。牠們好像在死牛上空飛來飄去的阿米巴原蟲，散開，又聚到一起。

我在念五年級時已經住過三個不同城鎮，上過四所不同學校了。我偶爾會交到朋友。這要看我媽的狀況如何和我們的休旅車可以停在哪裡而定。別人回家是和家人團聚、前往賽前動員會、去溜冰場和參加童軍營，我卻忙著幫我媽攝入她的身體和國家都不再供應給她的化學物質。

我剛去新學校上學時，校車總被迫改變路線，行經其他學生從沒看過的區域。那是我送給新同學的禮物。小學生們應該不太可能在我們住的地方下車。

討人厭的自製無人機在霧氣瀰漫的機器墳場中走來走去。它們掛著袋子、拖著電纜蹣跚前行，我看著它們，發覺這個恐怖的地方讓我想起了我媽，我內心充滿了可以稱作懷舊的情緒，我開始想人類是如何擁有記憶的。盜拆者在我們車子經過時抬起頭看了看。我猜會經過這裡的車已經不多了。

我以前會努力避免想起我媽，但現在我很驚訝忘記她有多麼容易。彷彿我跨過了什麼無形的界線，以前內心的那道傷口終於癒合了。那裡還是有個洞，凹陷且布滿疤痕組織，好像出意外之後顏面重建的人，但你觸摸疤痕時，已不會再有灼熱的痛感傳遍全身了。

那之後在京士頓的日子糟透了。我經常想起我媽。在新學校才第一個學期，我就開始嚎啕大哭，班上每個人都在看我，我把頭埋到課桌的桌蓋下。事後回想起來才發現，那看起來肯定很好笑。同學們感到困惑，一片沉默籠罩著教室，老師只好向他們解釋，蜜雪兒目前正遭遇人生的難關，後來祖父便來把我接走了。

在某個時間點，大概十歲吧，我決定將所有關於我媽的記憶鎖起來，也不再跟任何人提起她，我一直做得很好，直到六年後在索斯特的某個晚上，我在空蕩蕩的遊戲場裡突然把一切都告訴了亞曼達。當時我們坐在攀爬架的掛網上，我把頭枕在她大腿上。那時是秋天，她戴著露指針織手套撫摸著我的額頭。手套是灰色的有雪花圖案。她整個冬天都戴著那副手套，春天一到她就搬走了。

趁我忘記前再說一件關於亞曼達的事：很久之後，可能是亞曼達搬走的一年後吧，她爸爸來到我們家。恩尼斯特・亨利。對，那是他的真名。恩尼斯特・亨利神父。令人尊敬的神父。我們沒說過什麼話，但他記得我是亞曼達班上同學。他問他能否和家裡的大人談一談，我帶他進到客廳。

那時布莉姬已經死了，泰德戴著神經投射器坐在沙發上，全身赤裸。我這次放學回家時根本懶得把他遮住。神父轉向我說，或許跟我談比較好。

我們坐到廚房裡。神父拿著他的咖啡杯，說他很擔心索斯特當前的情況。他懷疑有某種在神經圖像網路上流通的訊號會導致人們生病，摧毀他們的意志，把他們變成奴隸。神父相信這個訊號就是撒旦，撒旦藉著神經投射器引誘世人脫離通往上帝的道路，為即將來臨的世界末日鋪路。他對投射器感到擔心很久了，曾經努力呼籲他的信眾要小心提防：上帝給我們眼睛、耳朵、嘴巴和身體是為了享受上帝為我們創造的這個世界，神經元件卻要將我們的心智轉移到人造機體裡，違反了上帝的旨意。神父發起一場幫助人們戒除神經網路成癮症的運動，鑒於外面客廳裡泰德那副德性，神父認為加入這個運動或許對我有幫助。

最後他問我是否曾禁不住誘惑使用神經投射器。

我告訴他醫生說過我不能用。因為先天神經異常我一邊的瞳孔比另一邊大，而這似乎也是我不能使用神經元件的原因。戴上之後一片漆黑，毫無反應。神父回說我應該對此感到慶幸。上帝保護了我。

我盯著神父撕開倒進杯裡的那一小包黃色代糖糖包。他開始攪拌咖啡。當我問起亞曼達時，恩尼斯特・亨利神父的臉上露出神聖而幸福的笑容，他回答亞曼達的姑姑和姑丈幫助她重返了上帝的懷抱，知道我還掛念著亞曼達他感到很溫暖。

　你們以前蠻要好的，不是嗎，他問道。

神父的湯匙反覆撞擊瓷杯的單調聲音從咖啡杯升起，衝上天花板，再反彈到牆壁，牆上的蠹魚痛苦地扭曲著，聲音灑落在穀物、燕麥片和鬆餅粉上，震得它們在各自的盒子裡崩解，不久噪音就充斥了整個廚房，我想起神父以前在他女兒身上留下的瘀傷，我移開目光說：

　不。我們其實不太熟。

公路前方出了點狀況：修路工程完全停擺 —— 工人全部迷失在某種新型神經元件製造的白日夢裡。

公路兩旁有些漆成白色的木造建築。小屋、馬廄和尖樁圍籬全是白色。是一座農場。白色木頭上沾染了濕氣，看起來像被藻類侵蝕過，彷彿建築物被泡到海裡直到最近才剛浮上水面。路面變窄，經過一座小橋，橋面是用大間隔金屬格柵做成的用來防止牛群通過，我只好減速。圍場裡有些裝了死牛的箱子。經過公路右方的大穀倉時，我看到倉裡一片黑暗中有什麼東西。有動靜。一張微笑的臉。起先我以爲只是有人放在裡面的舊看板，但那張臉的目光跟隨著我們，還舉起手揮了揮。在那黑暗中的是一台無人機。蹦蹦轉頭謹慎地揮手回應，然後看著我。那個玩意怎麼會在這裡？我不喜歡。我不喜歡他看到我們和他揮手的樣子。它爲什麼揮手？

這條路很有問題。感覺好像我們正駛入一條死巷。嚴格來說我們是，沒有其他進出林登角的路了。勝利角也是一條大死巷。我努力甩掉心中的不安。我繼續盯著照後鏡裡的穀倉。沒了。什麼也沒有。農場看起來完全荒廢了。從這方向看得出來主屋曾發生過火災，現在面向我們的整個側面都是焦黑的，一部分的屋頂不見了。

就在鎮外，兩輛警車橫著停在路面上。是攔檢站。

我坐著無法動彈，緊抓方向盤。在我猛踩剎車之後，鎖孔上整串車鑰匙前後搖晃，發出像老鐘指針走動的滴答聲。我緊盯著警車，等待沙啞的聲音隨時會透過擴音器向我們大喊。我就這樣坐了幾分鐘，直到我終於打開車門一腳踏到柏油路上。蹦蹦撲過來抓住我的手臂。沒關係的，蹦蹦。

　如果我們乖乖的，他們也會很客氣。

我扳開袖子上蹦蹦堅硬的機械手指，下了車。我以為一切都完蛋了，我再也見不到蹦蹦。等太平洋州的所有警察因為各種原因棄守崗位之後，我會在某個被遺忘的警察局牢房裡死去。

但事情並沒有這樣發展。我走過去攔檢站時，警車上沒人，柏油路上有些東西：一把槍和一堆像是鎳幣的東西散落一地。是空彈殼。

我回到車上，手捏著車鑰匙坐了好久，喘不過氣。我在發抖。然後我深呼吸了幾下，看著蹦蹦。

　請求允許啟動曲速引擎。

但我的聲音在顫抖。蹦蹦看著我。唉，可能我這次模仿的亞斯特爵士不夠像。他舉手向我行禮。

　謝謝艦長，我說完轉動鑰匙。

Welcome to
EST. 1915
POINT LINDEN
"The best kept secret
of Pacifica"
MARIN COUNTY
HOME OF TREY DE LUCA
1991 PAC COACH OF THE YEAR

我們開進市區時已經很晚了。我精疲力盡急需睡覺。蹦蹦已經睡著了。我把車停在野生扁柏樹下的陰影處。我關掉引擎然後下車。周圍沒車子，也沒有人聲。只有蟋蟀叫聲和遠處的雷聲。東邊的山丘後方，亮著神經圖像塔的紅色燈光。我看不出是否有人注意到我們來了。算了，就這樣吧。我躺到後座，大腿夾著雙手努力蜷縮成一顆小球。

　　蜜雪兒。妳必須醒來。一切都是夢。一場遊戲。是吉姆和芭芭拉讓我認清這點的。我們只是在玩。沒什麼大不了的。一切都是假裝的。

亞曼達站在床邊，我拉起她的手，將她的手指貼著我嘴唇上。她把手抽走。我滑落到地板上，把臉埋在她的褲腳裡。他們把妳怎麼了？

我醒來。車裡又冷又濕，後車窗上起霧了。蹦蹦在前座直挺地坐著，靜止不動，看著窗外。我慢慢察覺到一個有規律的噪聲，像遠處有台洗衣機。車外有東西，它發出的紅光穿透了起霧的車窗。我用袖子擦擦車窗往外看。

有一群人站在停車場的另一端，集體圍繞著某個巨大物體。到處都是神經投射器閃爍的亮光。他們圍繞的那物體應該是拼裝無人機，噪聲似乎就是它發出的。它的頭部和舉起的雙臂看起來像是源自大型格鬥無人機，那種他們在神經無人機競技場用的。大量電纜自開洞的頭部傾瀉而出，活像章魚觸手，落到地面蠕動爬過柏油路，再爬上一輛迷你廂型車，伸進駕駛座裡，我勉強看出裡面的東西——是個裸體女子的蒼白身軀。她緊貼在玻璃上，雙眼閉著，激情亢奮得扭曲了面容。

蹦蹦轉頭看著我。我豎起手指抵在嘴唇上。我慢慢挪到駕駛座上，轉身拿起散彈槍。我將它抱在懷裡，槍口指向地板。我們就這樣等著。

電纜在迷你廂型車裡動了大約十分鐘，然後抽出車外縮回到巨大圓形頭部裡，頭的周圍有一圈骨感的手指隨之彎曲合攏，像兩個交錯的拳頭。

機械規律的噪聲逐漸消失。無人機跨兩個大步轉身，蹣跚步入霧中。周圍人群緩緩散開，沒入陰影之中，神經投射器的光忽明忽滅，像螢火蟲消失在灌木叢裡。我們坐著動也不動，幾乎停止呼吸。

停車場恢復空蕩後，我把槍放到後座。我轉回來發動汽車時，看到迷你廂型車的門開著，剛才看到的女子走了出來。此時她已穿上衣服，她把衣服順了順，然後走掉消失在霧中。

我還是會夢到那件事。那是戰時的最後一個冬天。

我們到哈德遜灣查爾頓島的空軍基地本來是為了修理設備的。看來他們和總部失聯了，時值冬日，大家想當然認為是天氣造成的。我不知道怎麼描述這一切。好像他們都被變成了白蟻之類的東西。我是說，他們造出來的東西。一點人味也沒有，你是否了解我的意思。人類的智力是不可能想出那種東西，讓它那樣行動的。還有那個氣味。在自助餐廳裡最糟糕。所有桌椅都堆在牆邊，中間有許多垃圾桶，他們將孩子放在裡面。那些死胎。我說過，至今我還是會夢到。

雪地上有東西在動，在一片廣闊白色的遠處。它以令人難以理解的姿態在結冰的雪地上艱難前行。我們把它燒了。我們把所有東西都燒掉了。

派駐在空軍基地的一百五十人，在被我們摘掉神經投射器後的幾小時內全數斷氣。所以當聚合體聲稱存在所謂「腦際之神」，以及它在戰爭期間如何試圖取得實體存在，我不會全然否定這觀點。在查爾頓島看到的東西我不會稱之為神，但那肯定不是人類。聚合體相信這種超級智能在戰時真的成功創造出至少一次妊娠，產下的那個小孩體內帶有完美的非人類基因組，聚合體有義務確保它能生殖、繁衍。

或許那終究是瘋言瘋語。但已經無所謂了。你相不相信這些事也都不重要了。你唯一要考慮就是聚合體非常有錢，而那個孩子對他們來說很寶貴。這或許是我們最後的機會，所以要是你還有任何顧慮——提醒自己我們腳下的土地已經開始移動了。提醒自己街道可能很快就無法通行了，我們曾經唾手可得的機會都會消失殆盡。

聽著。勝利角的祕密樂園發生了令人難以置信的事。怪獸真的存在——那些在海角上霧氣中移動的東西，除了怪獸沒有別的名字能稱呼它們。我是說，你看得出來它們基本上是從零開始打造的。是人類將它們組裝起來的。你可以清楚看到無人機的零件：一條腿，一隻手臂，一張笑臉。但它們還有別的東西。那是我從沒看過的複合物。成千上萬的電纜、電線、塑膠、鋼鐵和油脂創造出了一個令人費解的有機物體，這些東西不是隨機拼湊，而是帶有明確目的的，深不可測的表面下看得出有某種起伏動作，幾乎像呼吸。

我很害怕。但是當那東西從霧中走出來到我們車子前方，我還感覺到別的情緒。我想不出比敬畏更好的字眼。我很震撼。好像你突然發覺自己在森林裡迷失方向，迎面遇上一隻巨大的野獸。除了怪誕還有別的感覺。宏偉的感覺。林登角的居民跟在它後面，好幾百人連接在一起，他們的神經投射器連接到霧氣中那個油膩的神，就在我們車子前方的路面遊蕩，他們看起來好像很快樂。他們平靜又安詳地經過我們的車子後，又在車後重新聚成一個群體，不久便再次消失在霧中。

除此之外，林登角的街道宛如棄城。我試著解讀房仲商的資料夾裡的微縮地圖，同時我們進到郊區住宅，緩緩駛過花園與花園之間的街道。艾德路、傑佛遜路、切斯納街、奧克伍大道、漢米爾頓巷。在曾經住著典型家庭的典型房屋之間展開的典型街道的典型名稱。

大多數的花園都疏於整理，雜草叢生。這種情況有多久了？在某些花園，甚至有更不可思議的形體從草叢中冒出：躁動、扭曲的巨大胎兒已經成形，迫不及待想要誕生。

我得說：它們真奇妙。我心底其實有點想要停下車，走過去摸摸它們，逐一仔細查看這些怪異的生命體。換作在另一個世界，我想我會喜歡的。我會冷靜地走過這些街道，深深為之著迷，肯定有某個程度的噁心，不過是帶著狂喜、愉快的噁心。然而在現實世界，一切都顛倒了。我們才是迷人的生命體、瘋狂者──健康世界中唯一病態的靈魂。再沒有平凡安全的生活可以回去，也再沒有正常的地區可以投奔，唯一出路就是前進。

我們在做的事並不文明，我懂。但我知道
這一定也發生在你身上了。你肯定像我一
樣，某天醒來突然發現無可避免之事：我
們已不再活在文明時代了。

我們在一九九七年五月十一日深夜抵達米爾路 2139
號，是蹦蹦到索斯特接走我的六個月後，現在是時候
告訴你關於我弟弟的事情了。

克里斯多夫在我四歲時出生，一九八二年十月十二
日。我媽總是說克里斯多夫沒有父親，所以我猜他是
我同母異父的弟弟。我記得一個醫生。一個戴藍手套
穿軍服的男子。他懷中抱著一個裹在毯子裡的小嬰
兒。他說這是妳弟弟，蜜雪兒。他有點不對勁，他們
馬上就知道了，是他的大腦，他滿三歲之前動過三十
幾次手術。在我大約七歲時，我媽被空軍解僱，幫忙
照顧弟弟的人也走了，是我祖父教我怎麼幫克里斯多
夫換尿布、穿衣服、該吃什麼、該怎麼餵。也是我祖
父開始稱呼他蹦蹦。

另一段記憶：我九歲時我們住我媽的休旅車上，在利
柏塔利亞州北部的某處的機器墳場裡。我媽在車上，
正用摺疊小刀掏出電纜裡的神經纖維。蹦蹦五歲。我
們在船隻殘骸之間玩耍，我發現一個太空小子的玩
具，是個小人偶。蹦蹦很喜歡太空小子，他每一集都
有看過，我們玩耍時，蹦蹦總是扮演太空小子，而我
當他的死黨太空貓亞斯特爵士。晚上，媽媽跟給她錢
的男人離開時，我會抱著蹦蹦編些關於太空小子和亞
斯特爵士的故事，我會躺著低聲述說他們在廣大銀河
系的英勇旅程，直到蹦蹦睡著。我把那個玩具給他
後，他到哪都帶著。大約三年後，或許更久，我發現
我媽昏迷在休旅車的地板上。我牽著蹦蹦的手，在公
路上走了三哩路才找到人幫忙。一年後她在霍布斯
市的醫院去世。社工人員把蹦蹦帶走，我則去到了
京士頓的祖父家。

蹦蹦來到索斯特接我時，那個城市正在崩潰。不久前我看到對街房子裡的史戴爾小姐被一群武裝男子拖出來當街射殺。泰德的屍體已經倒在河岸一個星期了。亞曼達早就搬走。我那顆黑暗的心已經破碎，丟棄在索斯特荒蕪的街道上了。

我好幾天沒吃東西。倒不是沒有食物，食品櫃裡有很多罐頭食品和過期的義大利麵條，但我想我已決定要死掉，我不太記得，但我確信那是我當時的打算。

我不知道蹦蹦怎麼找到那台太空小子機器人，又是怎麼找到我的，但是那台黃色機器人站在車道上時，抱著那個玩具——九年前我送給弟弟的玩具——我立刻懂了。我說，蹦蹦，是你嗎？黃色機器人點點頭。

　　你找到的這台太空小子機器人真不錯。

然後我坐在車道上哭了起來。我說過，泰德已經倒在河岸一個星期了。他仰躺在海灘陽傘下，我們開著他那輛老 Corolla 離開索斯特時，禿鷹已經吃掉了他大半的屍體，但在神經投射器的長角下方，他的嘴仍動著，像在夢裡。

一連串深層空洞的震盪晃動了整棟房子。腳下的地板震動起來，我毫不猶豫地撲過去抱住床上那瘦弱的男孩。外面有巨大的東西在移動，油漆和灰泥碎片如雨點般落到我們身上。我閉上眼睛等著屋頂崩塌。最後一次強烈的震波傳過房子，某處有玻璃做的東西摔碎在地上，然後整棟房子安靜下來。我跟懷中的男孩躺著，唯一的聲音是他神經投射器裡散熱風扇輕柔的嗡嗡聲。

最後我抬起頭看著他。我輕輕轉動他的頭，在他耳後，就在投射器邊緣的下方，我找到了：一道細長發亮的手術疤痕。我握著他的手呆坐了一會兒。

我看著蹦蹦在社工人員車子後座離開京士頓時，他六歲，我在林登角米爾路 2139 號從床上抱起他時，他十四歲。我一點也不清楚這段期間他經歷過什麼事。我幾乎感覺不到他的重量，就感覺好像神經投射器是他身上最重的部位。我猜他應該死了，無法分辨他在那裡躺了多久。我抱著他到浴室，用毛巾擦拭掉他身上滿滿的髒污，然後我捧著他的臉頰，用手指感受他的脈搏，坐了好久。

有個東西嘎嘎作響，我摸索著想拿槍，然後意識到他仍在操控那台黃色機器人，它正在廚房裡走來走去。它走進浴室站在我們面前，懷裡抱著幾個水果罐頭。

我們進到一家在林登角的廢棄便利商店裡。我餵了蹦蹦一些罐頭食物，他勉強喝了點礦泉水，我在對街的運動用品店幫他找了新衣服和新球鞋。

我還是沒摘下他的神經投射器。他在吃東西，勉強進食，但我還沒勇氣動手。還不行。我忍不住想到布莉姬，泰德一摘掉她的投射器她就癱倒在沙發上的樣子。遲早我必須動手。獨木舟只能載兩個人，機器人會故障而我不知道該怎麼辦。不行。我們很快就得去到海邊，到時非做不可。就是明天早上了。我到時一定會動手的。

PACIFIC

OCEAN

PACIFIC

OCEAN

PACIFIC

OCEAN

Point Lin

Naval A

Aus

ern

M

在海上

# Index

**賽門‧史塔倫哈格**（Simon Stålenhag，1984－）　　※著

瑞典視覺敘事家、設計師暨音樂創作者，成長於斯德哥爾摩。畫風細膩寫實，擅長描繪鄉村風景、機器人與巨大建築。以復古未來、賽博龐克爲題材，結合投射飽滿情緒的建築與物件，藉視覺敘事創造出獨特的詩意科幻作品。著有《迴圈奇譚》、《洪水過後》以及《電幻國度》。《迴圈奇譚》獲選《衛報》十大最佳反烏托邦作品，《電幻國度》曾入圍科幻小說類獎項軌跡獎（Locus Award）、亞瑟‧克拉克獎（Arthur C. Clarke Award）。

**李建興**　　※譯

臺南人，輔仁大學英文系畢，歷任漫畫、電玩雜誌、情色雜誌與科普、旅遊叢書編輯，路透社網路新聞編譯，現爲自由文字工作者。譯作有《把妹達人》系列、《刺客教條》系列、丹布朗的《起源》、《地獄》、《失落的符號》等數十冊。

# THE ELECTRIC STATE　電幻國度

作者※賽門‧史塔倫哈格｜翻譯※李建興｜主編※邱子秦｜設計※吳睿哲｜業務※陳碩甫｜發行人※林聖修｜出版※啟明出版事業股份有限公司｜地址※臺北市敦化南路二段 57 號 12 樓之 1｜電話※ 02-2708-8351｜傳眞※ 03-516-7251｜網站※ www.chimingpublishing.com｜服務信箱※ service@chimingpublishing.com｜法律顧問※北辰著作權事務所｜印刷※漾格科技股份有限公司｜總經銷※紅螞蟻圖書有限公司｜地址※臺北市內湖區舊宗路二段 121 巷 19 號｜電話※ 02-2795-3656｜傳眞※ 02-2795-4100

初版※ 2021 年 1 月 6 日｜ ISBN ※ 978-986-99701-1-2｜定價※新台幣 1300 元

國家圖書館出版品預行編目（CIP）資料

迴環記憶三部曲：電幻國度／賽門‧史塔倫哈格（Simon Stålenhag）作；李建興譯 . — 初版 . — 臺北市：啟明出版事業股份有限公司，2021.01

144 面；28×25 公分
譯自：The Electric State
ISBN 978-986-99701-1-2（精裝）

881.357　　　　　　　　　　　109017096